幸せに生きる
100の智恵

葉 祥明

日本標準

もくじ

朝、目が覚めたら幸せ！ 001~025

疲れた時、辛い時に 026~050

「今」に心を向ける 051~075

あなたという魂は永遠 076~100

朝、目が覚めたら幸せ！

001

大好きなことを
していると、
嬉しい。

それが幸せ！

002

今日は
良い日かい？
うん、良い日だよ。
まだ
始まったばかりだけれど。

でも、今日は良い日。
そんな気分！
そう、人生は
そうでなくちゃ！

003

朝、目が覚めたら
今日もまた
まっさらな一日が与えられた。
さて、この一日を
どう過ごそう、どう生きよう、
そしてどう使おう、と
前向きに考えなさい。
旅先では誰でもそうでしょう?

この日々も同じです。
人生という旅の…

日々の小さなことに
歓びと幸せを
感じることができる人は
人生上の大きな苦しみにも
よく耐えることができます。

一方、
いつも不平、不満な
気持ちでいる人は、
大きな問題に出会った時、
とてももろいものです。

005

朝、目を覚ます
ことができたら、
それは幸せだ。
窓の外を見た時、
世界が消えてなくなって
いなかったら、
それは
幸せなことだ。

洗面所のスイッチを入れると
明かりがつく。
それも幸せだし、
蛇口をひねると
水が勢いよく出る。
それは、もう、
この上なく幸せということ。

冷蔵庫に
ジュースとミルク。
パンをトースターで温め、
バターとジャムを塗る。
新聞を開く。
世間では色々と起こっている。
しかし、
なんと静かで穏やかな朝。

これを幸せと呼ばないで
どうする！

疲れ切って
欲も得もなくなった時は、
静かなところで
しばらく横になって休みなさい。
ひと眠りして目が覚めたら、
少し元気になるでしょう。
そうしたら次は、
大好物をちょっと食べてみなさい。

ひと口、ふた口、
ああおいしい！
そう感じたら
しめたもの！

あなたは幸せですか？ と問われて、
はっきりそうです、と
答えられなくても、
不幸せだとは思わないのなら、
自分は幸せなんだと
思ってよろしい！

本当に、
不幸でないなら、
幸せなんです、人間は。

人生っていうのは、
ひと通り生きてみなくちゃ
わからないんだよ。
そして人は、
わからないからこそ
その時その時を

ひたむきに
生きることが
できるんだ。
失敗したり、
つまずいたりしながらね。

待つ…。
静かに待つ。
じたばたしない。
騒がない。

時が来れば
それはそうなる。
あなたが求めるものも
与えられる。
あなたにその準備が
できたその時にね。

一食一食を
大切にしなさい。
身体を
大切にしなさい。

母の願いはこれに尽きる。

012

穏やかな人、微笑む人、
楽しそうな人を
見るのは嬉しい。

怒る人、まくしたてる人、
冷たい態度の人を見ていると、
いたたまれなくなる。

しかし、
悲しむ人、泣く人、
苦しむ人を見ると
何故か心の痛みと同時に
愛がこみあげてくる。

草木がその成長を
決して止めないように、
毎日毎日
成長しよう。
昨日よりは今日、
今日よりは明日、と、
少しずつでも成長しよう。

人は、
常に成長の
途中にある。

人生は
思いがけないことばかり。
一生を通して
毎日毎日
驚くようなことばかり。

それに気づくかどうか。
それを面白いと思うか、
不安に思うか。
それによって、
人生の意味も
ちがってくる。

015

日常生活は大切です。
人生の多くは日常です。
日々の生活の中に
歓びや安らぎ、
務めや人生の味わいが
あるのです。

非日常は、
緊張と生きる力を
引き出しますが、
長く続くと
心身が持たなくなります。

パターンを変えよう。
いつもと同じは
安心で楽だけれど。
時には、あえて
いつもと違うことをしよう。

新しい発見が
あるかもしれないし、
何より、心が
わくわくする。
人生もそうでなくちゃ！

多くの人が思っている幸せは、
条件付きの幸せのこと。
だからその条件を満たそうと、
人は努力し、時に悪戦苦闘する。
しかし、
誰もがその幸せを得るわけではない。
そして大抵のそんな幸せは、
束の間のこと。

いいかね、
真の幸せには、
条件などないんだよ。
毎日、誰もが感じられるものなんだ。
この、なんでもない日々の中でね。

生きているっていうこと、
それが、
すべての人にとっての
存在意義です。

生きるということ、
それが、
すべての人にとっての
最も大切な尊い仕事。
それこそが天職です。

精神的に
目覚める前の人は、
初めて「文字」というものを見て
「なんだろう」と思い始めた
幼い子どものようなものだ。

「世界」も「人生」も、
そのようにして姿を現す。
そして、人は
様々な出来事の中に
意味を見出しはじめる。

人は、
自由に生きる権利がある。
人は、
自分自身を
幸せにする義務がある。

この権利と義務こそが、
人がこの世に
存在している理由に
ほかなりません。

いい話はないかね？
聞くだけで、思わず
顔がほころぶ嬉しい話。
心温まる話。
ぱあっと心が明るくなって、
生きるのが楽しくなる話。
人生も捨てたもんじゃないって
思えるそんな話。

あるだろう！
この世の中、
辛く悲しい話ばっかりじゃ
ないだろう！

022

こだわりを捨てる。
すると、楽になる。

損得を考えない。
すると、多くが与えられる。

しがみつくのをやめる。
すると、自由になる。

023

これが
自分の生き方。
自分のリズム。
自分のペース。
それがはっきりしていれば、
生きていくのに
迷いはない。

どんな時にも
ぶれることなく
堂々と、淡々と、
生きていける。

あなたがいなかったら
朝は来ない。
あなたがいなかったら
世界もない。
あなたなしでは何もない。
あなたが、この世界の、
この宇宙の中心！

そして、
すべての人の存在が
各々の宇宙の中心！
この世界には
なんと豊かで美しい宇宙が、
無数にあることか！

朝が来たら、祝福しなさい。
朝を迎えられたら、
祝福されていると思いなさい。
朝は、神様からの
今日という名の「いのち」の贈物。

その貴さ、
かけがえのなさを知って、
精一杯に生きなさい。

疲れた時、辛い時に

疲れた時、辛い時、
そこに行くとほっとする。
ひと息ついて、
さあもう一度頑張ろうって
元気が出てくる。

そんな心の居場所、
ありますか？

027

困難に遭ったら、
これはレッスンだ、
トレーニングだ、と
思いなさい。

物事を
あまりに真剣に
生真面目に考えていると、
人生が
辛いものになります。

すぐには解決できない
やっかいな問題が起こったら、
「時間」と「空間」を
味方につけなさい。
深呼吸し、
立ち上がってその場を離れる。
すると、
あなたは、問題から自由になる。

それからひと息ついて、
自分がやれることを淡々とやっていれば、
時間と空間の作用で
自然に解決へ向かい始める。
本当だよ！

世間が混乱していれば
しているほど、
あなた自身は
冷静でいなさい。

内面においては、
世間とあなたは
無関係です。

030

誰かに
気兼ねする
必要はない。

君は
やりたいことは
断固としてやり、
やりたくないことは
厳として
やらないでよろしい！

どうしようもない時は、
考えない！　ってことも
ひとつの智恵です。

そうやって
静かにしていると、
時間とともに
事態は変わります。
生きる意欲が湧き、
良いアイデアも
次々と浮かんできます。

そんなに忙しそうに
動き回ってばかりいないで、
ちょっと立ち止まって
花を見てごらん。
小鳥の囀《さえず》りに
耳を傾けてごらん。

ほら、
時間がゆっくりと
流れはじめた。
心が安らぎ
微笑みが浮んできた。
そう、それでいいんだ！
それでいいんだよ！

033

人と会っている時、
自分のことばかり
喋っているなって気づいたら、
思い起こしなさい。

相手の人もまた、
あなたと同じように
人生の貴重な時間を
生きているんだと。

034

何もしないで
いることの
意味と価値を
知りなさい。

動きすぎ、
考えすぎ、
働きすぎをやめて、
人は、時には一人静かに
ただ黙って居るってことを
憶えておきなさい。

自分ならこうする、
自分ならああはしない、
という態度は、
二つの点で正しくない。
まず相手は自分ではない。
その人独自の考えと感覚を持つ
一個の人間だということ。

そして、自分は正しく、
相手は間違っているとは
限らない、ということ。
相手への敬意を忘れないように。

自分も人も
過大評価せず
過小評価もしない。

人のあるがままをただ見て、
自分のあるがままを自覚する。

むやみやたらと
恐がらない。
心配しない。
しかし用心はする。
それでいい。

問題が起こった時、
大切なのは、
怒ったり嘆いたりしないで、
原因を理解し、
それを受け入れることです。

そうすれば、
いかなる事であれ
人はそこから
大いに学ぶことができます。

他の人のことばかり
気にしている人は
もっと自分に気を配る。
自分のことで
頭が一杯の人は
もっと他の人のことも思いやる。

それが、バランス！
生きていく上で
とても大切なこと。

あなたから見て
欠点だらけのように見える人は、
決してあなたより
劣った人ではありません。
むしろその人は、
あなたに自己を振り返る
機会をくれる先生です。

あなたは
その人によって、
より正しい道に
導かれるのです。

君が、不満を心に抱き、
文句を言いながら
今の生き方を変えようとしない
本当の理由は、恐れだ。
今のままならわかるけれど、
生き方を変えたらどうなるか？
それが君を不安にさせる。
だから今のままでいよう、とね。

それじゃ、だめ、だめ。
それじゃ、人生が台無しだ。
勇気を出して、
変わりなさい！

人から自分が
どう見られているか、
知っておきなさい。
と同時に、
人の目など気にしないで、
自由にのびのびと
生きたいように
生きなさい！

人の目が気になって
自分らしく生きられないなんて、
人生の大損です。

間違ってもいい。
完璧でなくてもいい。
失敗してもいいし
うっかりがあってもいい。
それが人間。それがこの世。
それが面白いし、
それが勉強にもなる。

くれぐれも、
自分は絶対間違わない！
すべてを知っている！
などと思わぬこと。

華々しいもの、
脚光を浴びるものなんかに
目を向けたり夢中になったり
しちゃだめだよ。
そんなものは
一過性の出来事だし、
なによりも、君自身に
関係のないことなんだから。

そんなことより、
君は、自分自身に目を向けて、
この日々の中で
もっと自分の生き方を
しっかり築かなくちゃ。
誰かからの賞賛なんか、
まったく必要ない！

苦手なものがあったとき、
人がとる態度には二つある。
避けるか、
立ち向かうか。
避ければ、その場は収まる。
しかし、今後も
避け続けなくてはならない。

立ち向かえば、
失敗したり傷ついたりするが、
いつかは克服できる時が
来るかもしれない。
さあ、君はどっちかな？

自分自身で
その原因を作っておきながら、
その結果起こったことを
受け入れられず、責任もとれず、
自分は被害者だと思い込み、
嘆き、悲しみ、
怒りや悔いに苦しむ。

そのことを
「無知」というのです。

この世には
二種類の人がいる。
他を思いやることのできる人と、
自己がすべての中心の人と。
そして、他を思いやれる人は、
自己中心の人のことでさえも
思いやる。

しかし、自己中心の人は、
そのことがまるで
理解できないでいる。
そんな人が、
この世にたくさんいる。

困ったことになったとき、
なんでも自分一人で
解決しようとしないで、
もっと他の人を信じて
助けを求めなくてはいけません。

必要な時に必要な人が現れ、
助けてくれる。
その時、
人は本来、互いに
神だったと知るのです。

あなたにとって
気に食わない人がいる。
あなたが
気に食わないと思っている限り、
その人は気に食わない人であり続ける。

あなたが、
その人を気に食わないと
思うことをやめたら、
その人は
何でもない人になる。
それはあなた次第！

自分が
自分の人生の
主人公だとわかったら、

もうほかの誰かに
憧れたり、
誰かが作ったストーリーに
夢中になったりは
しないものです。

苦しみや悩み事は、
あなたが成長するための
大切な機会。

恐れないで、不安がらないで、
落ち着いて受け入れれば、
いずれ必ず、
それらに感謝することが
できるようになります。

「今」に心を向ける

生きることほど
素晴らしいことはなく、
また、
生きることほど
苦しいことはありません。

しかし、
人は、この世にいる限り
どんなことがあっても生き続け、
生き抜かなければなりません。
生きること、それ自体が、
あなたがこの世に生まれてきた
目的なのだから。

あなたは、
この人生で
なりたいものになれます。
そして、
もうすでにそうなっています。

今のあなたは、
あなたがずっと以前から
思っていた通りの
あなたなのです。
好むと好まざるとにかかわらず。

053

これから先、
人生があと何十年もある人も、
そうでない人も、
今日一日にできることは
やはり一日分。

大切なのは、
残りの年数よりも、
今日、この一日を
有意義に、ひたむきに
生きることなんだ！

054

人生の残り時間を
つらつら考えたり、
過ぎ去った日々のことを
懐かしんだり
してもいいけれど、

そんなことに
時間を費やすより、
今日、今、に心を集中して、
生きていなくちゃ、
本当に生きているとはいえないよ！

君は
知っているかい？
今日が特別な日だってことを。
何か特別なことがあるからではなく、
今日という日が
君が生きていられる
かけがえのない
大切な日だからだ。

毎日を、そんな風に
思って生きなさい。

056

相手のあることは、
自分だけであれこれ考えたって
どうしようもない。
ああしろこうしろとは言えないし
言っても無駄！

それを悟れば
気持ちが楽になる。
そんなことより
自分のやりたいことを
やっていればいいってこと！

先行きのことが
心配になったら
こう考えればいい。
そんなことより
今のこと！
今がどうかの方が
はるかに大切だ！　って。

そして
持てるエネルギー、
命の力のすべてを
「今」に向ければ
必ず道は拓《ひら》ける！

058

人生を生き抜くこつは、
先行きの心配はしない、
不安に思わない。
そして、
今、この時に
心を集中する。

そうすれば、
いつの間にか
気持ちが軽くなり、
生きることが
ずい分楽になる。

あなたは「意識」です。
「意識」は物質ではなく、
目に見えないし、
手でつかむこともできない。
しかし、
「意識」は確かに存在する。

意識は思考し、
感じることができる。
「あなた」という
意識なしには
何も存在できない。
意識こそが
この世界を創っている。

とにかく、
大切なことは、
過ぎた日々のことは
忘れるってこと。
そして目の前のことに
集中するってこと。

身体はここにあるのに
心が過去に留まったままじゃ、
真に生きているって
言えないでしょう。

人生には、
一日として同じ日はない。
たとえ
くり返しの日々に見えてもね。

そうかなあ?
としか言えなかったら、
それは、
生きているってことを
真から感じないで、
ただ日々を
過ごしているだけだからだ。

人生は、
必ずしも
思ったようにはならない。
人生は、
なったようにしかならない。

しかし、
常に最善を尽くす。
そして、
その結果を引き受ける。
それだけ。

喜びと悲しみは
セットです。
幸せと不幸せも
同じくセットです。
時期と出来事をずらしながら、
交互にやってきます。

一喜一憂することなく、
いずれをも
淡々と受け止めよう。

064

他の人への
批判や非難を
やめれば、

その分の
エネルギーは、
自分自身を
より善く
成長させる方へ向かう。

065

人種も国籍も、
性別も年齢も立場も関係なく、
心優しい人は心優しく、
思いやり深い人は思いやり深い。
怒りっぽい人は怒りっぽく、
狡《ずる》い人は狡く、恨《うら》む人は恨むし、
許す人は許すし、愛する人は愛する。

すべては、その人の人間性の問題。
だから、人を
その背景で
ああだこうだと
決めつけないように。

確かに、
この世には良い人と悪い人がいます。
悪い人は、平気で他の人や生き物を
苦しめたり傷つけたりします。
良い人は
他の人や生き物を
苦しめたり傷つけたりできません。

良い人か悪い人かは、
そんな簡単なことで見分けがつきます。
あなたは、
良い人ですか？
悪い人ですか？

怒りっぽい人は、
時には怒りを鎮め、
穏やかになることを心掛ける。
気が弱かったり
心が優しすぎる人は、
時にはなにくそ！　と踏ん張って、
闘争心を燃え上がらせることも必要。

そうでないと、
この世を生き抜くのは
難しい。

自然界には
群れをつくる生き物が
数多くいます。
それは
孤立するより
生存の可能性が
高くなるからです。

一方、
群れに依存せずに
生きるものもいます。
自分の力だけを頼りに。
あなたは、
どちらの生き方が
自分にふさわしいと
思いますか。

あなたは、
一人で世界を
背負うことなど
とてもできません。
あなたは、
自分一人を支えることが
できるだけです。

しかしそれは、
とても大切なことです。
自立し、自制できること、
それは世界に対して
あなたができる
偉大な貢献なのです。

070

誰もが
自分の人生ドラマの
主人公！
決して他の誰かの
脇役ではない。

だから、
堂々と
胸を張って
演じればいい。
いいね！

自信とは、
自分の能力への信頼のこと。
自信がなければ判断できない。
自信がなければ誰かに判断してもらう。
自信がなければ対応できない。
自信がなければ誰かに対応してもらう。

自信があれば自分で責任をとる。
自信がなければ責任もとれない。
自分を信じて生きるか、
他に依存して生きるか。

人は考える。そして、決める。
やる、やらない、
どうする、こうする、と、
心が決める。
それが決心。それが決意。
人は、決めたらそうする。
何が何でも。
いったん決めたらもう後には引かない。

それは、素晴らしく、
また、恐ろしいことでもある。
あなたは、
何をどう決め、
どう行うか！

人は、
この世のすべてを
知ることはできないし、
また知る必要も
ありません。

人は、
知る必要のあることだけ
知っていれば十分です。
それだって、
大変なことです。

074

大切なのは、
今、自分が
生きて存在している、
ということ。
そして、
今やるべきことをし、
やりたいことをやる、
ということ。

それだけです。
その他のことは
すべて、小さなことです。

075

「今」を逃がすな!

自分のもとに
やってくるものに
心を向けろ！

あなたという魂は永遠

人には、
その時、その場所、
その状況で、
やるべきことがある。
それこそが、
あなたが今回生まれてきた、
意味と目的、果たすべき役割。

それを忘れて、
易きに流れたり
困難を避けたりしたら、
人生が無駄になる。

生命体としての
人の存在の目的は、
まず生きること。
それから、
感じること、知ること、
理解すること、経験すること、
表現すること。

そして、
慈しむこと。
君は、どこまで
人と言えるだろうか？

知識は、
そのままでは知性には
なりません。
知性とは、理解力です。
物事や他の人への、
優しさや思いやりのことです。

そして、
より高度な知性は、
「愛」とも呼ばれます。

愛とは
自分の気持ちや欲求はさておいて、
相手の自由意思を
尊重することだ。

そんなことできない？
じゃあ、その気持ちは
まだ愛とは呼べない。
それは単なる欲求や愛着。
まだまだだね。

080

真実の愛は、
必ず報われる。

それが真実だという
そのこと自体で！

誠実とは、
損得を超えた、
物事に対する態度のこと。
それは、無心である、
ということでもあるし、
時には「愛」と言ってもよい
心の在り方である。

君は、一日一日を、
わがままや欲得、
怠惰や無責任ではなく、
誠実に生きているか？

心の豊かさとは、
心の満足のことです。
それが他の存在を
思いやるゆとりとなります。
様々なことに驚き感心し、
どんなことにも感謝し喜ぶ、
素直で純真な心。

それこそが
心の豊かさです。
地位も年齢も富も
関係なくね。

自分を人より
優れていると思わない。
人を自分より
劣っていると思わない。
それが大切な心構え。

自分も人も
かけがえのない
尊い存在なのだから。

084

何かを
誇ったとたん、
しっぺ返しを
食ってしまいます。

そして、
謙虚さの
何たるかを
学ばされることになります。
ありがたいことです。

085

植物も動物も家も、
手入れを怠らなければ、
最善のものを返してくれる。
人の身体も心も、
毎日、よく手入れをすれば、
健康も保てるし安らかでいられる。

人生だって、
よく吟味しておろそかにせず、
大切に生きれば、
幸せも豊かさも
手にすることができる。
その心がけが大切だ。

086

恐れない。
何が起きても恐れない。
それはすべて、
あなたという魂の
人生の計画のうち。
恐れて逃げたりわめいたりしないで、
それときちんと向かい合うこと。

そうすれば、
必ずそれを
乗り越えることができる。
君ならね！

わかるかい？
今まで過ごしてきた
何でもないこの日々こそが
天国だったんだって。

人は皆、
どこかに
天国を探し求めているけれど、
天国は、
自分自身で作るんだ。
自分の心の中にね。

人と会ったら、
外観でなくその魂を見なさい。
魂こそがその人です。
人はその外観ではなく
魂と付き合うのです。

あなたもまた、
魂の存在です。
人とのふれあいとは、
魂と魂の
ふれあいのことなのです。

人は、
他人の身体の苦痛と
心の苦悩を、
本当にはわからない。
苦痛も苦悩も
その人だけの、特別な出来事。

だからこそ、
想像力と感性を高めて、
思いやりの心で
接しなければならない。

「寿命」とは、
人がこの世で過ごす
活動時間とその終了を言うが、
人がその時間をいかようにも
使うことができるのは
ありがたい！

精一杯に生きて、
そのいのちの時間を
きれいに使い切るのは
素晴らしいことだ。
あなたは自分の寿命を
しっかり生きているか？

体調が悪いと
何もできません。
何をする気にもなれません。
苦しみに、
ただ耐えるだけです。

しかしそんな時、
人は気づくのです。
地位も権力も
お金も名声も、
何の意味もない、
ということを。

すべては欲である。
あれが欲しい、これが欲しい。
ああしたい、こうしたい。
ああなればいい、こうなればいい。
あれは嫌だ！　これは嫌だ！

しかし、
自分や家族が重い病気になる、
命が失われようとするその時、
この世のほとんどのことが、
どうでもよくなる。
すべて、欲だったと本当に気づく。

093

人は、それが
失われそうになった時、
そのかけがえのなさに気づく。
それが自分にとってどんなに
大切なものだったか、
失ってようやく知る。

そのために人は、
何度も生まれかわり、
失うことを繰り返す。

人生が、楽しいと
感じられなくなったら
要注意！

なにか違うぞ、
これは自分の人生ではない、
なにかが間違っている、と感じたら、
人生の変え時です。

人生を左右するような
大きな事を決めるのは、
その本人でなく
「運命」です。
人よりも何よりも、
「運命の力」は強大です。
人はそれに抗《あらが》えません。

なぜなら、運命とは
その人の「魂の計画」
だからです。

人生で、
君が出会う人、
出会う出来事、
なんであれ、それらはすべて
君の人生を創るために
仕組まれたもの。

だから、
何ひとつ
いいかげんに
してはいけない。
そのことは、
君がこの世を去る時、
すべてが明らかにされる。

この世にあるものは、
必ず変化します。
人も、生きものも、
いつかは必ず死ぬのです。
しかし、死は、
消滅でも無になることでも
ありません。

死は、次の生へ移るための
ステップです。
古い身体を脱ぎ、
いずれまた、
新しい身体を
身にまとうのです。

人が死を恐れるのは、
自分と愛する者が
この世から消え去ることの喪失感。
この世で得たものへの執着心。
この世でまだ得ていないことへの未練。

そして、
死が消滅であるという思いこみ。
これに尽きる。

なんであれ、
最後は気力だよ。
気力が萎えたら、それは続かない。
やめる時が来たってこと。
生きるっていうのも同様だ。
もういい、と思ったら、
それはこの世を去る時が
来たってこと。

その時は、
もう無理せず、
自然の流れに
身を委ねればよい。

この世においては、
人は、永遠には生きられない。
人生には、いつか
もうこれでいいという時がやってくる。
その時、人は、
眠りながら、あるいは眠るように、
その身体から去っていく。
次の人生の準備のために。

そうやって、
あなたという魂は、
永遠に生き続ける。

葉 祥明　よう・しょうめい

詩人・画家・絵本作家。1946年熊本生まれ。
「生命」「平和」など、人間の心を含めた地球上のさまざまな問題をテーマに創作活動を続けている。1990年『風とひょう』で、ボローニャ国際児童図書展グラフィック賞受賞。主な作品に、『地雷ではなく花をください』シリーズ（自由国民社）、『おなかの赤ちゃんとお話ししようよ』（サンマーク出版）、『Life is……』『Heart is……』（中央法規出版）、『しあわせことばのレシピ』『しあわせの法則』『幸せは日々の中に』『無理しない』『気にしない』『いのち　あきらめない』『許そう。』『しあわせの小径』『DARK BLUE』（日本標準）ほか多数。

北鎌倉　葉祥明美術館　電話0467-24-4860　ホームページ
葉祥明　阿蘇美術館　電話0967-67-2719

幸せに生きる100の智恵

2014年9月10日　初版第1刷発行
2024年7月25日　初版第3刷発行

著　者：葉 祥明
装　丁：水崎真奈美 BOTANICA
発行者：河野晋三
発行所：株式会社 日本標準
〒350-1221　埼玉県日高市下大谷沢91-5
電話 04-2935-4671　FAX 050-3737-8750
https://www.nipponhyojun.co.jp/
印刷・製本：株式会社リーブルテック

ISBN978-4-8208-0578-6 C0095
Printed in Japan

気にしない

ISBN978-4-8208-0415-4［2009］四六変型 /100 頁 / 本体 1300 円

無理しない

ISBN978-4-8208-0372-0［2008］四六変型 /100 頁 / 本体 1300 円

幸せは日々の中に

ISBN978-4-8208-0606-6［2016］四六判 /216 頁 / 本体 1500 円

しあわせことばのレシピ

ISBN978-4-8208-0259-4［2005］A5 変型 /56 頁 / 本体 1400 円

しあわせの法則

ISBN978-4-8208-0531-1［2011］四六変型 /128 頁 / 本体 1500 円

三行の智恵——人として生きる

ISBN978-4-8208-0467-3［2010］A6 変型 /104 頁 / 本体 1000 円

三行の智恵——心の平和のために

ISBN978-4-8208-0463-5［2010］A6 変型 /104 頁 / 本体 1000 円

日本標準　葉 祥明の本

DARK BLUE
ISBN978-4-8208-0732-2［2022］四六変型 /64 頁 / 本体 1500 円

しあわせの小径
ISBN978-4-8208-0724-7［2022］四六変型 /64 頁 / 本体 1500 円

許そう。
ISBN978-4-8208-0647-9［2018］四六判 /120 頁 / 本体 1400 円

こだわらない
ISBN978-4-8208-0626-4［2017］四六判 /112 頁 / 本体 1300 円

怒らない
ISBN978-4-8208-0589-2［2015］四六判 /120 頁 / 本体 1300 円

いのち あきらめない
ISBN978-4-8208-0471-0［2010］四六変型 /104 頁 / 本体 1200 円

比べない
ISBN978-4-8208-0462-8［2010］四六変型 /104 頁 / 本体 1200 円

急がない
ISBN978-4-8208-0438-3［2010］四六変型 /104 頁 / 本体 1200 円